この　おさらは、マリコの　おさらです。
マリコが　あかちゃんの　ときから、ずっと　つかって　きた
おさらです。

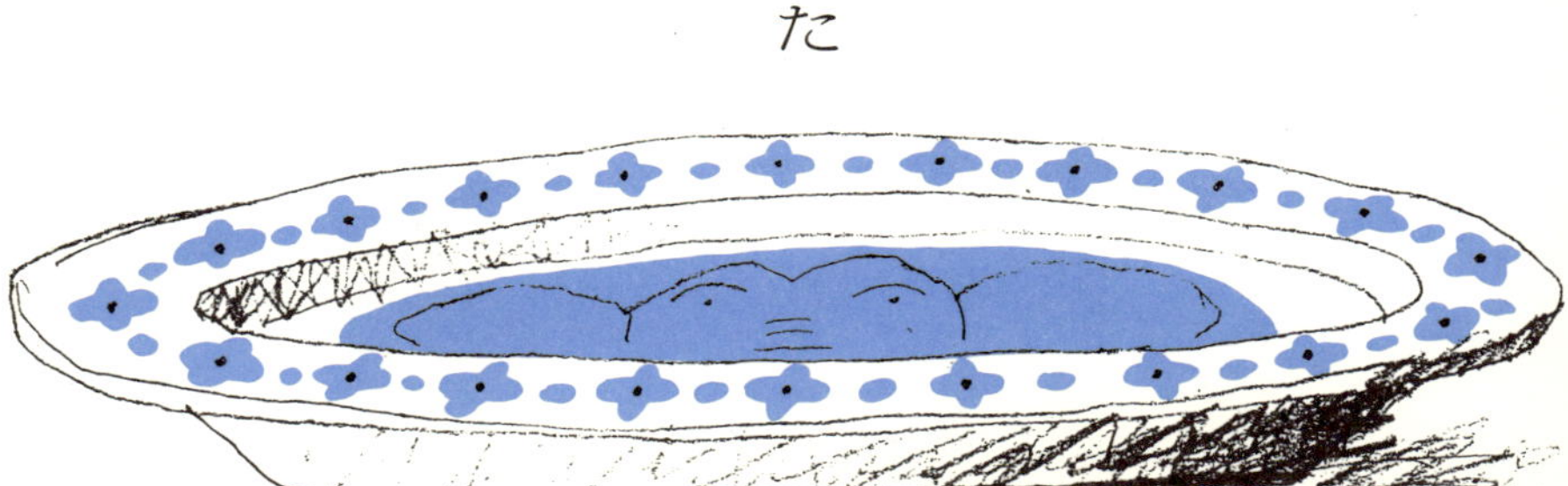

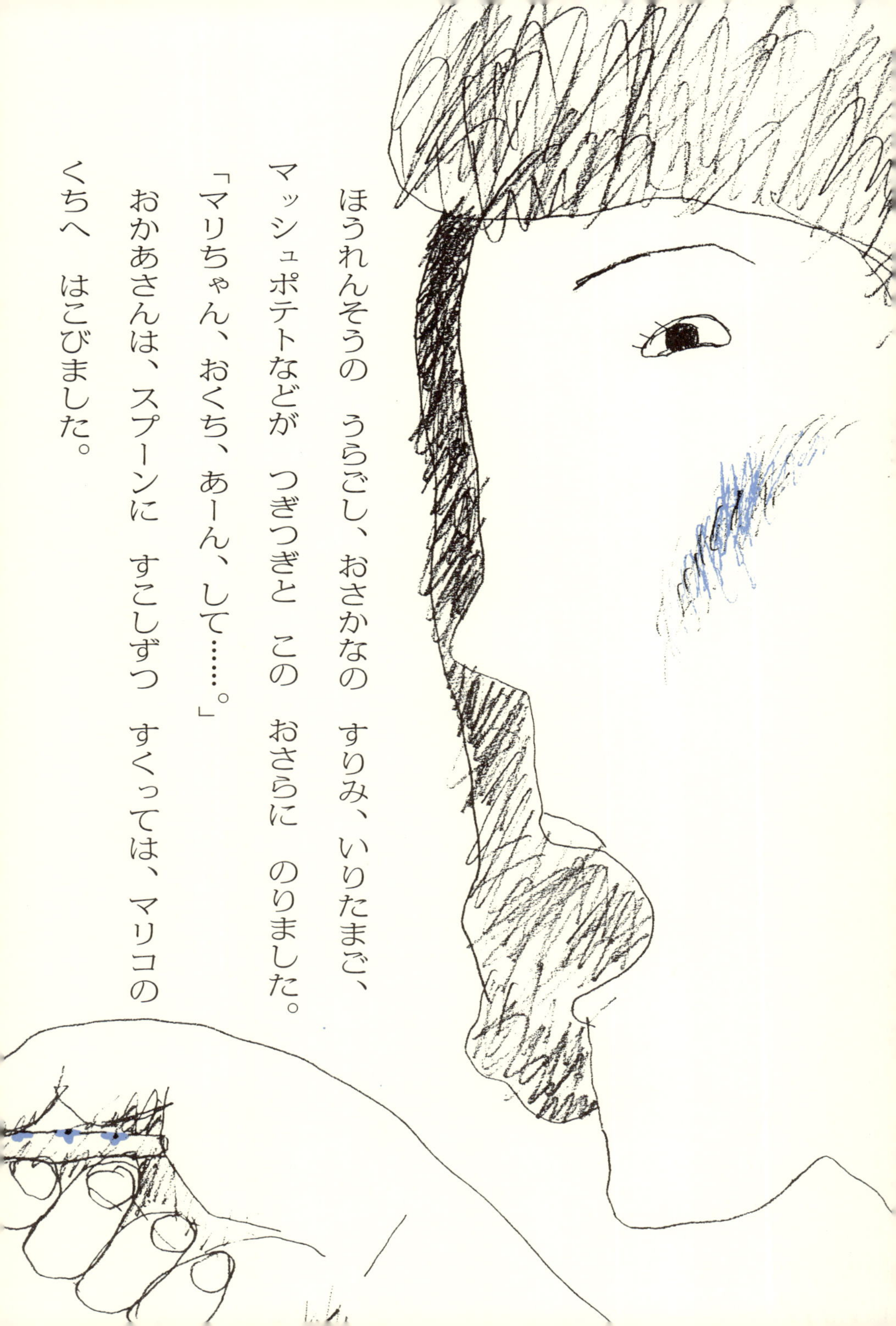

ほうれんそうの　うらごし、おさかなの　すりみ、いりたまご、
マッシュポテトなどが　つぎつぎと　この　おさらに　のりました。
「マリちゃん、おくち、あーん、して……。」
おかあさんは、スプーンに　すこしずつ　すくっては、マリコの
くちへ　はこびました。

「おいしいね。もひとつ　あーん……。」

マリコが　たべて　いくに　つれ、おさらには、あおい　ぞうさんが　だんだん　すがたを　みせはじめました。

「おや、ぞうさんの　おみみが　みえた。」

おかあさんは、おさらを　のぞきこみ、うたうように　いいました。

「あれ　あれ、おめめが　マリちゃん　みてる。」

「おはなは　まだかな。なーがい　おはな。」

「こんどは、あんよ。おっきな　あんよ。」

そして、とうとう　おさらが　からに　なると、おかあさんは、
まって　いたように　いいました。

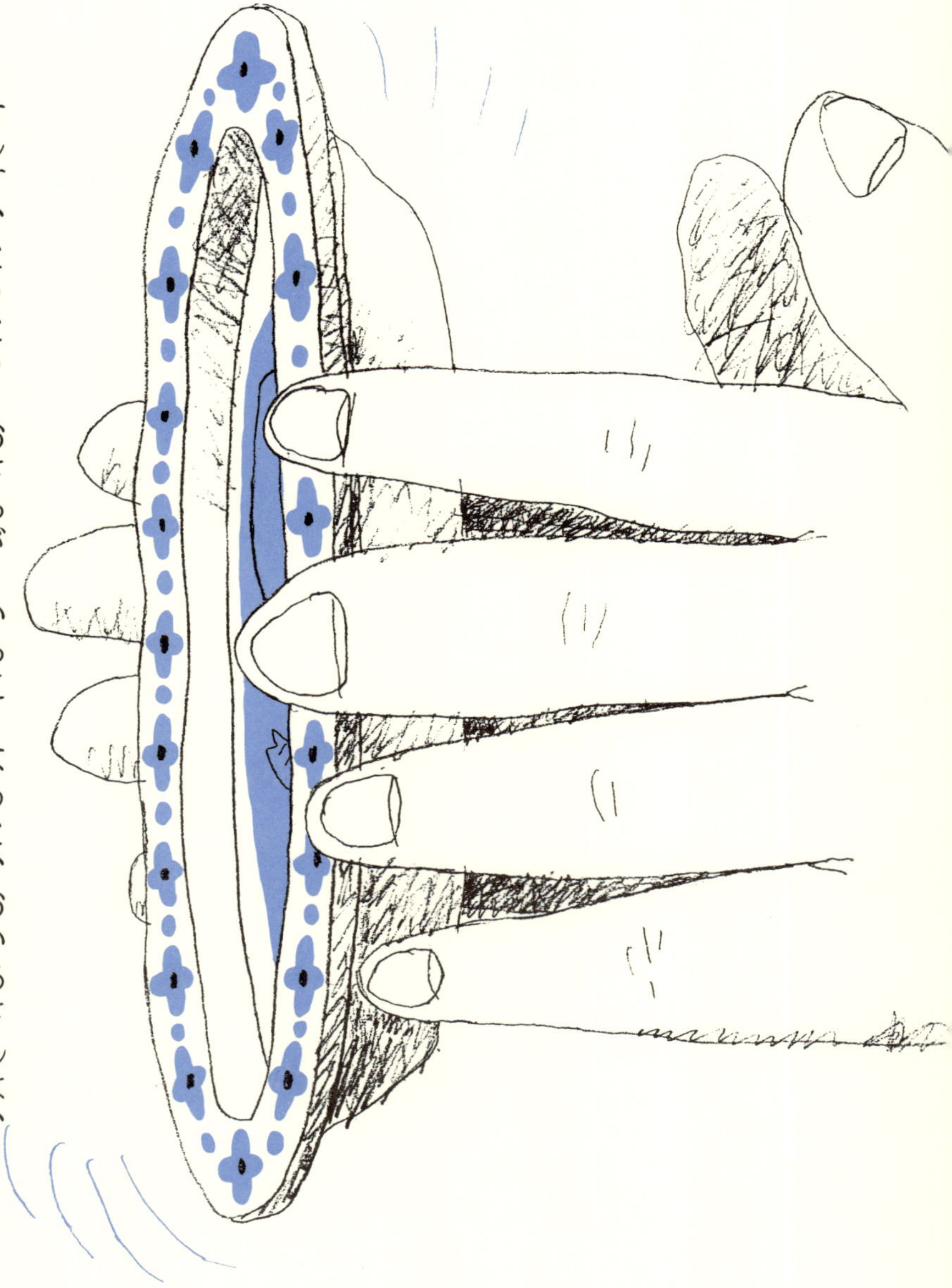

「ほーら、ぞうさんが　でましたよ。マリちゃん、ばあーって！」
マリコは、この「ばあー」が　だいすきで、とたんに　こえを
あげて　わらったり、りょうてを　ふって　はしゃぐのでした。

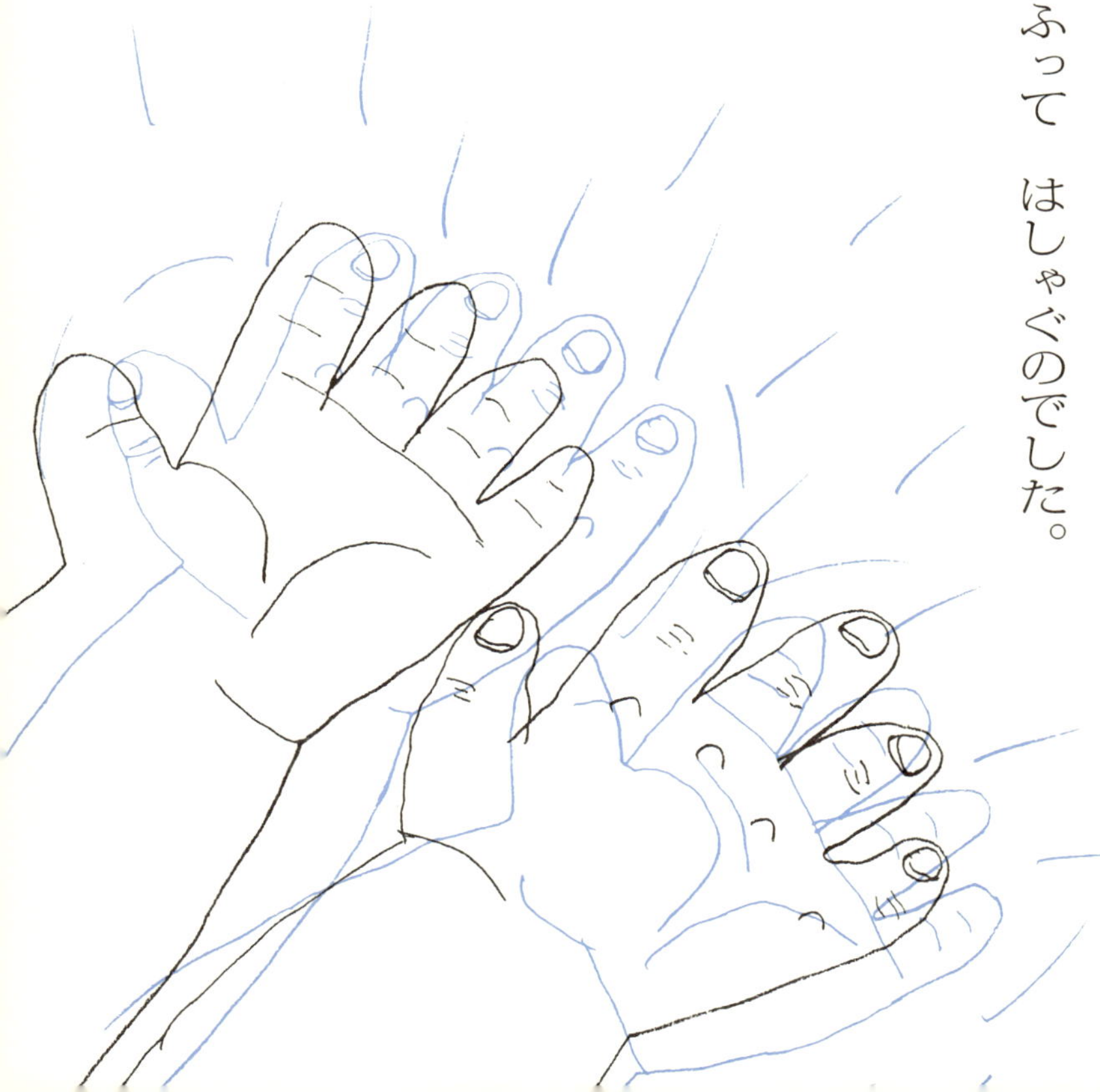

杉浦範茂：絵

おてらのぞうさん

森山京・作

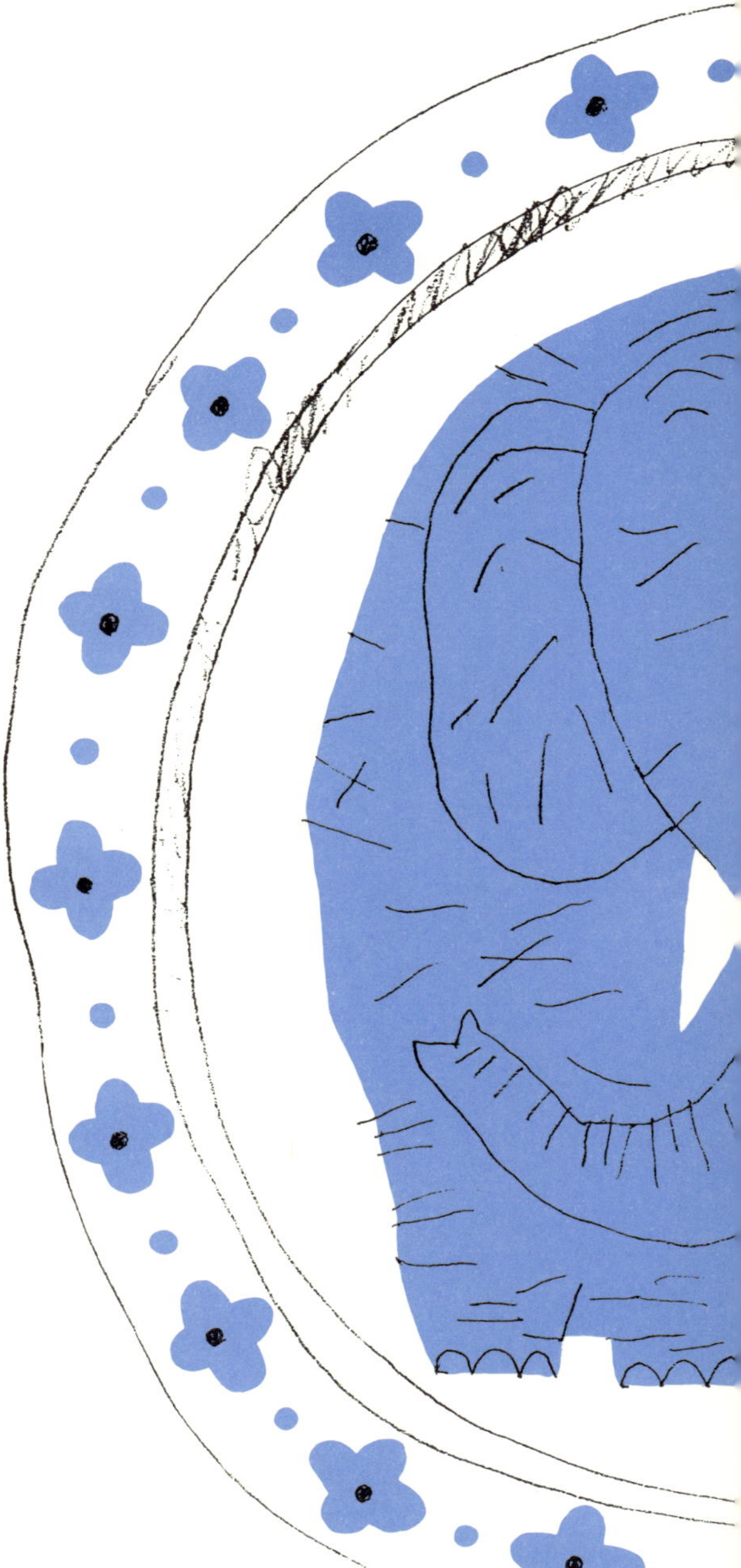

そのうちに　マリコは、かたことを　はなしはじめました。おさらに　かおを　ちかづけて、「ばあー」と　いったり、ぞうさんに　むかって、「どうたん」と　よびかけたり　しました。

おさらの　うえには、うらごしや　すりみに　かわって、あおなの　おひたしや、ひきにくいりの　オムレツや　ポテトサラダが、のるように　なりました。

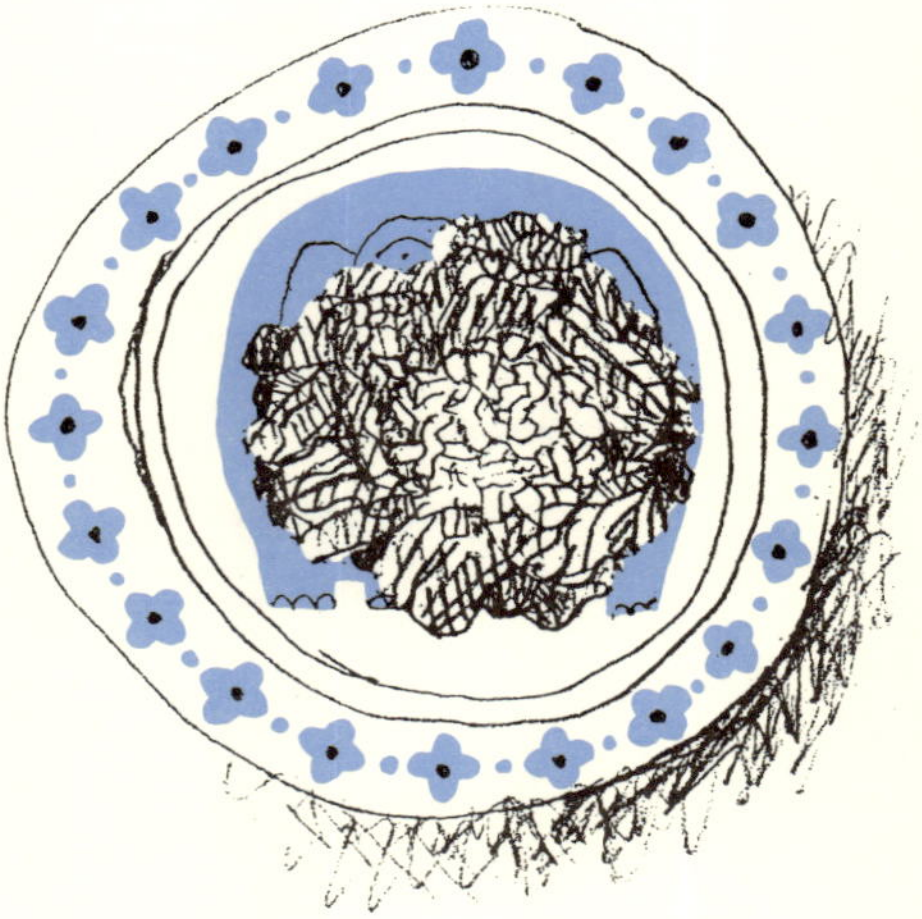

一《いっ》さいの　たんじょうびが　くるころには、マリコは、くつをはいて、よちよちと　あるくように　なりました。

ある　ひ、マリコは、おかあさんに　つれられて、こうえんへさんぽに　いきました。

その　とちゅう、よその　いえの　にわさきで、ねこの　おやこの　すがたを　みかけました。

おかあさんねこは、じぶんの　したの　さきで、こねこの　からだを　しきりに　なめて　いるところでした。

「にゃあにゃ……。」

マリコは、たちどまって　ながめました。

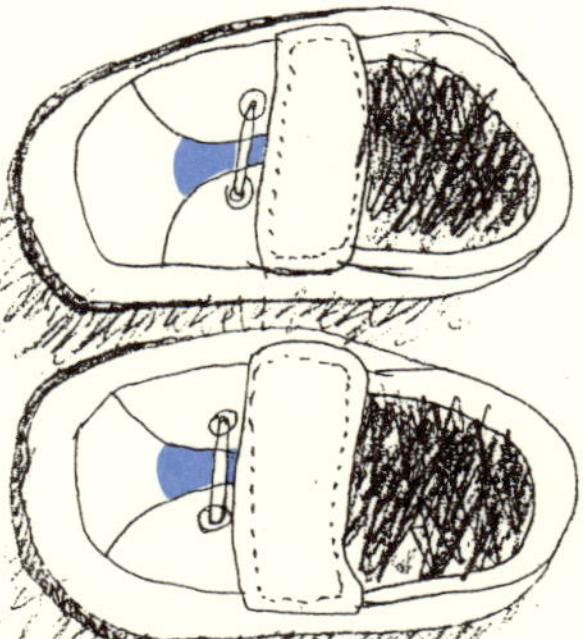

「そうよ。にゃあにゃの　あかちゃんを　きれい　きれい
してるのよ。」
おかあさんが　いいました。

その　ばんの　しょくじの　あと、マリコは、からに　なった
じぶんの　おさらを　りょうてで　つかむと、いきなり　したを
だして、ぺろぺろ　なめはじめました。

「まあ、おぎょうぎの　わるい！」

おかあさんは、おさらを　とりあげようと　しました。

すると、マリコは、

「どうたん、きれ、きれ……。」

にこにこ　しながら　いいました。

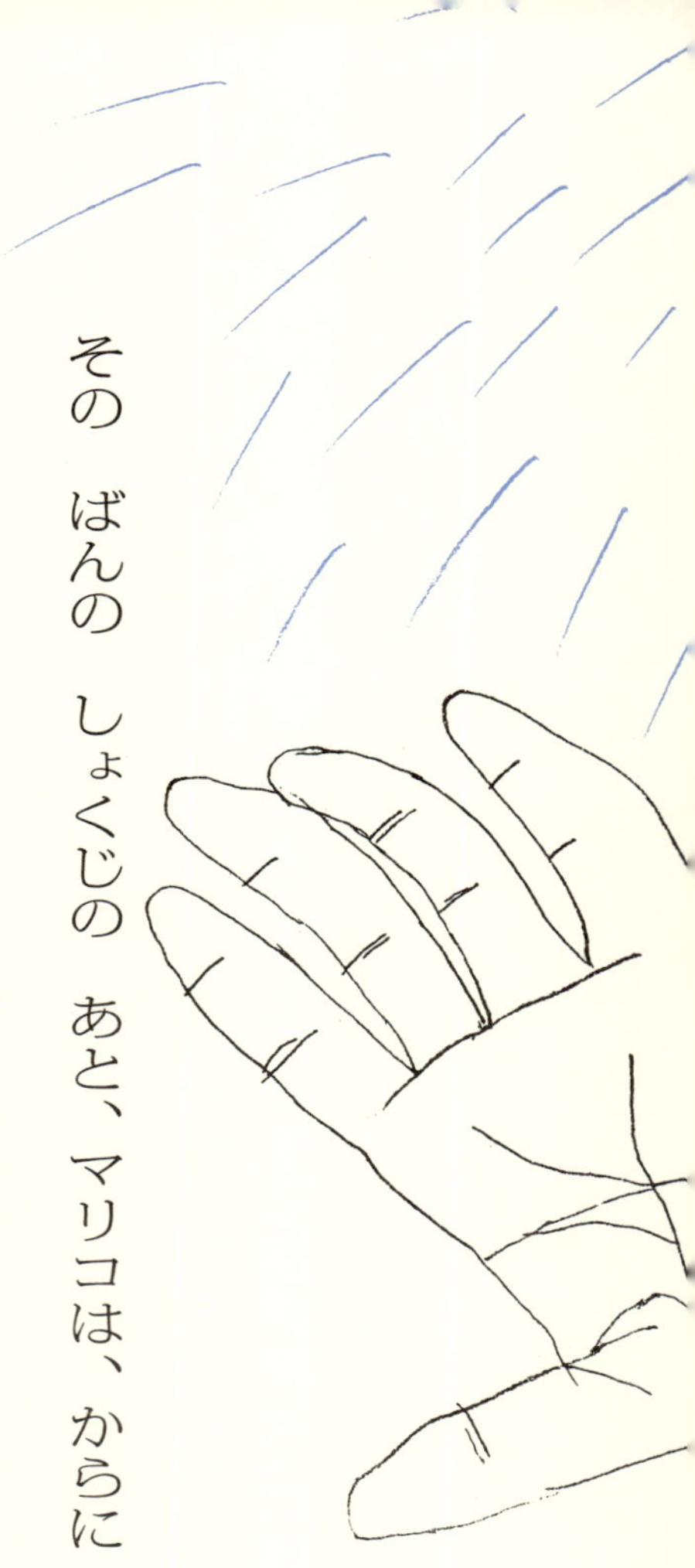

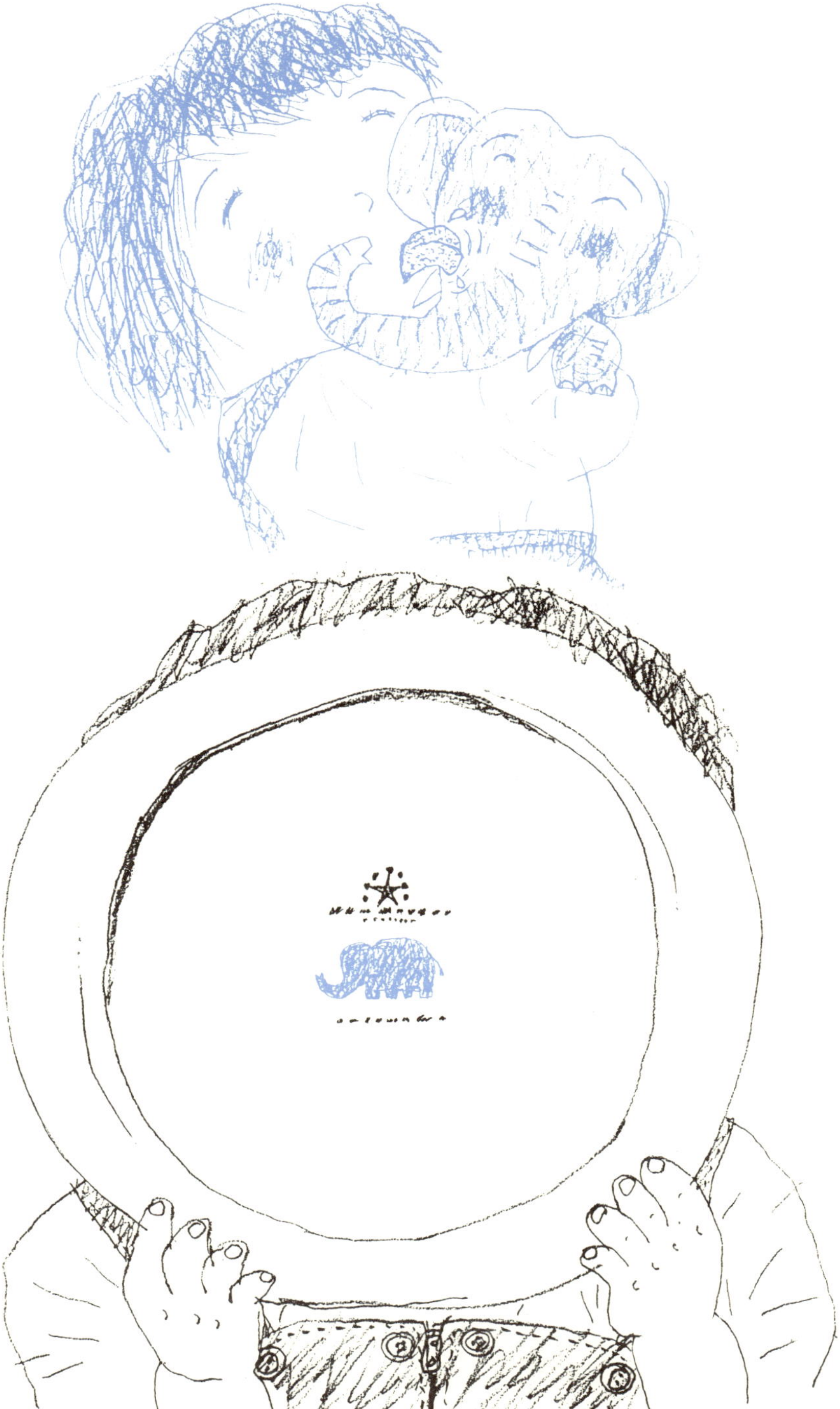

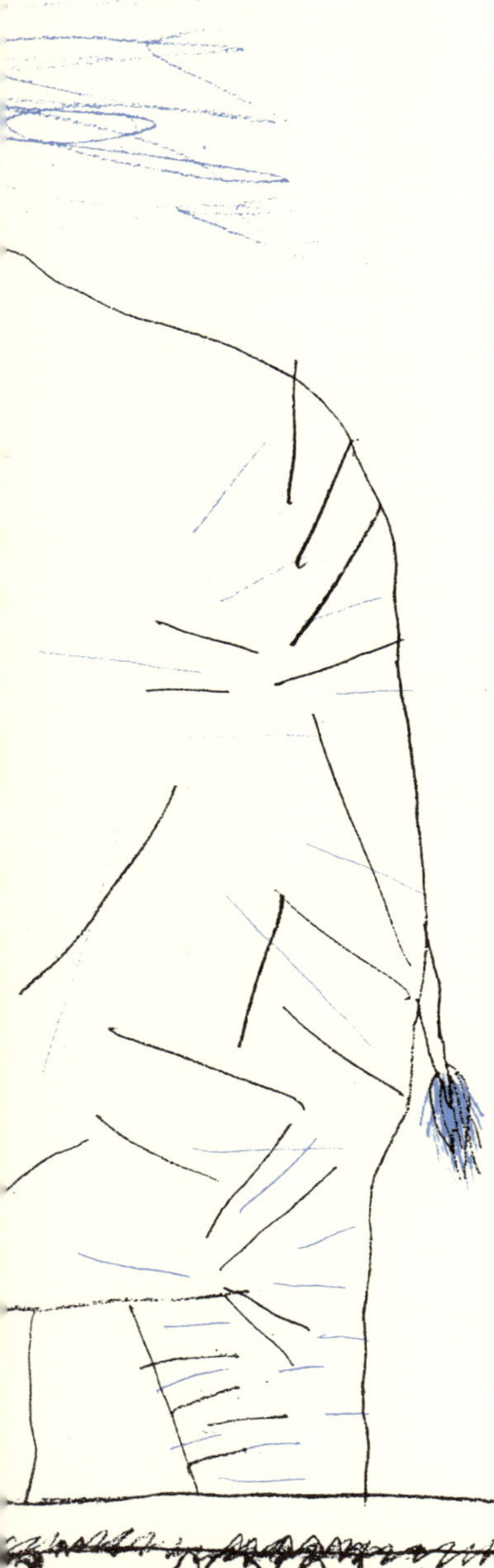

二《に》さいに　なって　まもなく、マリコは、はじめて　どうぶつえんへ　いきました。

「ほらほら、ぞうさんだよ。ほんとうの　ぞうさんだよ。おおきいだろう。」

ぞうの　おりの　まえで、おとうさんは、マリコを　だきあげて　いいました。

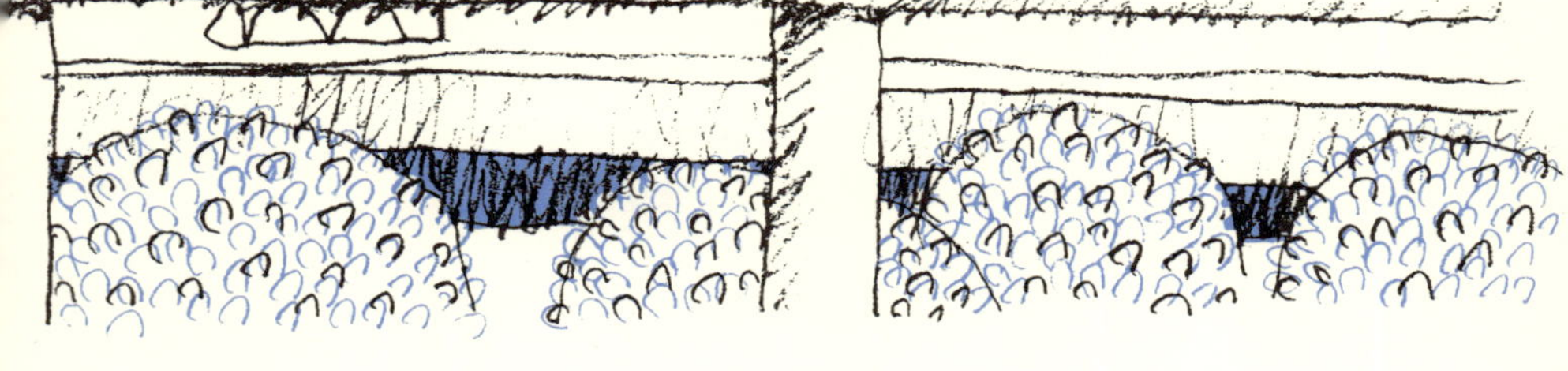

マリコは、まばたきを　すると、すぐ　よこを　むいて　しまいました。

おとうさんが　かたぐるまに　のせて　やっても、ぞうを　みあげようとは　しませんでした。きりんの　おりの　まえでも、おなじ　ことでした。

マリコは、まわりに　いる　こどもたちの　ほうばかり、きょろきょろ　みて　いました。

「きっと、あんまり　おおきいので、マリちゃんの　おめめには、はいらないのね。」

そばで、おかあさんが　いいました。

マリコが　しって　いる　ぞうさんは、まるい　おさらの
なかに　いる、あおい　ぞうさん　だけでした。

三《さん》さいに　なる　ころには、こどもたちが　よく　うたう　「ぞうさん」と　いう　うたを　マリコも　おぼえました。

マリコは、おさらの　ぞうさんに　むかい、この　うたを　うたって　きかせました。

マリコには、ぞうさんが　じっと　きいていて　くれるように　みえました。

くりかえし　うたって　いる　うちに、マリコは、「あのね、かあさんが　すきなのよ」と　いうところを　「あのね、マリちゃんが　すきなのよ」と　うたうように　なりました。

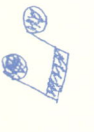

うただけで　なく、マリコは、ぞうさんの　えを　よく　かきました。おさらの　ぞうさんと　おなじように、えの　ぞうさんも　あおい　ぞうさんでした。

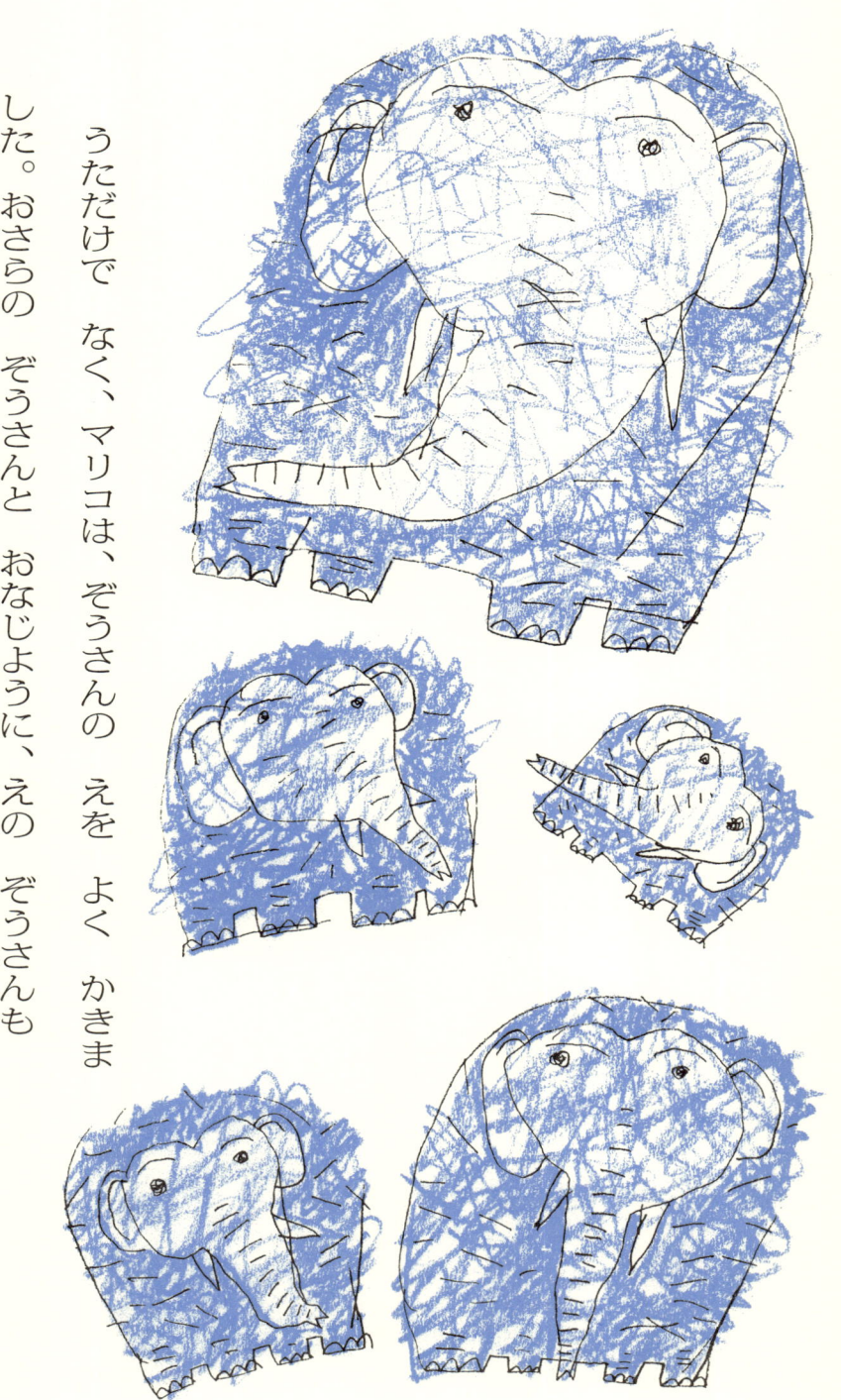

マリコの　クレヨンは、あおいろだけが　たちまち　みじかく
なりました。

四《よん》さいに　なって　まもなく、マリコに　おとうとが　できました。
「マリちゃん、その　ぞうさんの　おさら、アツシに　ゆずって　あげて。そのかわり　あなたには、もっと　おおきいのを　かって　あげるから。」
しょくじの　ときに、おかあさんが　いいました。
マリコは、だまったまま、くびを　よこに　ふりました。

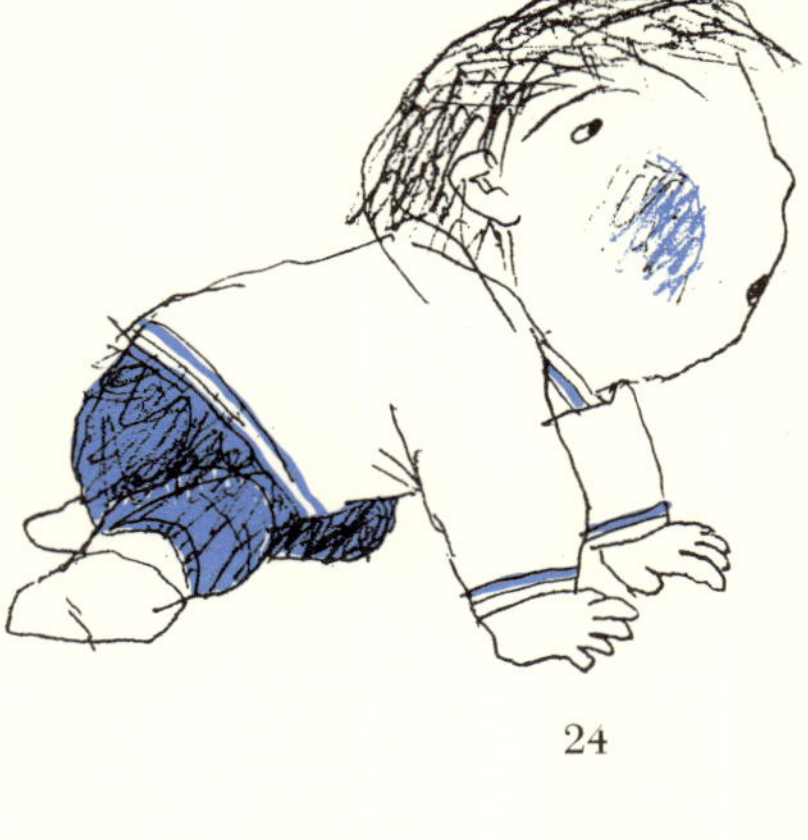

「おや、どうしてだい。マリコは、もうすぐ　ようちえんへ　いくんだろう。いつまでも　あかちゃんの　おさらじゃ、おかしいじゃないか。」

そばで、おとうさんが　いいました。

「いいの。この　おさらは、ずっと ずっと わたしの　ものなの。」

マリコは、おさらを　てに　とると、ぞうさんを　みつめて　いいました。

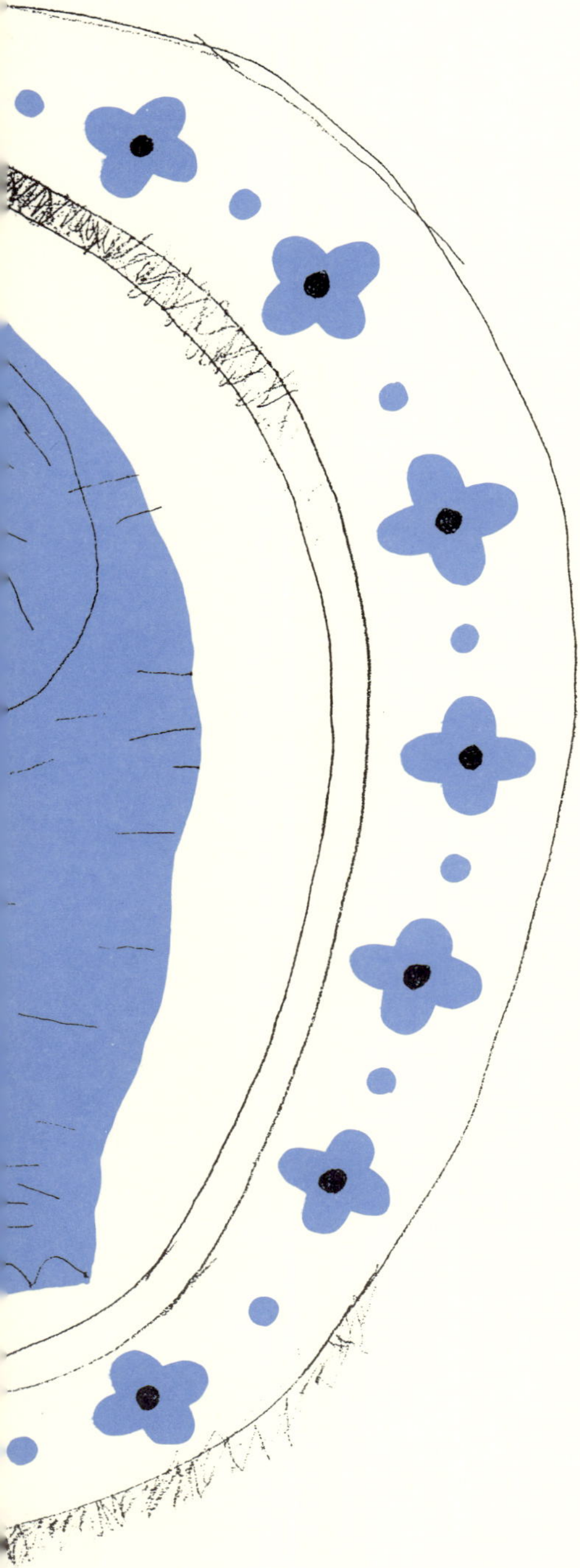

マリコの　めから、おおつぶの　なみだが　こぼれ、ぞうさんの
かおの　うえに　おちて、きらっと　ひかりました。
マリコには、ぞうさんも　ないて　いるように　みえました。

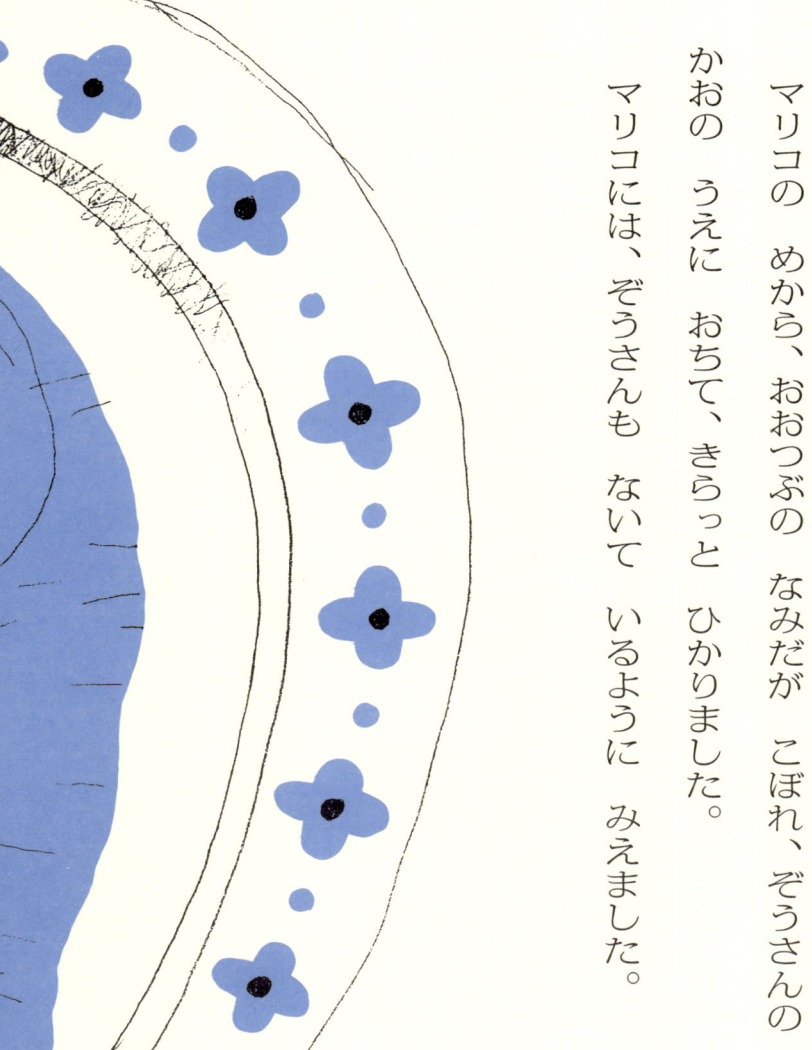

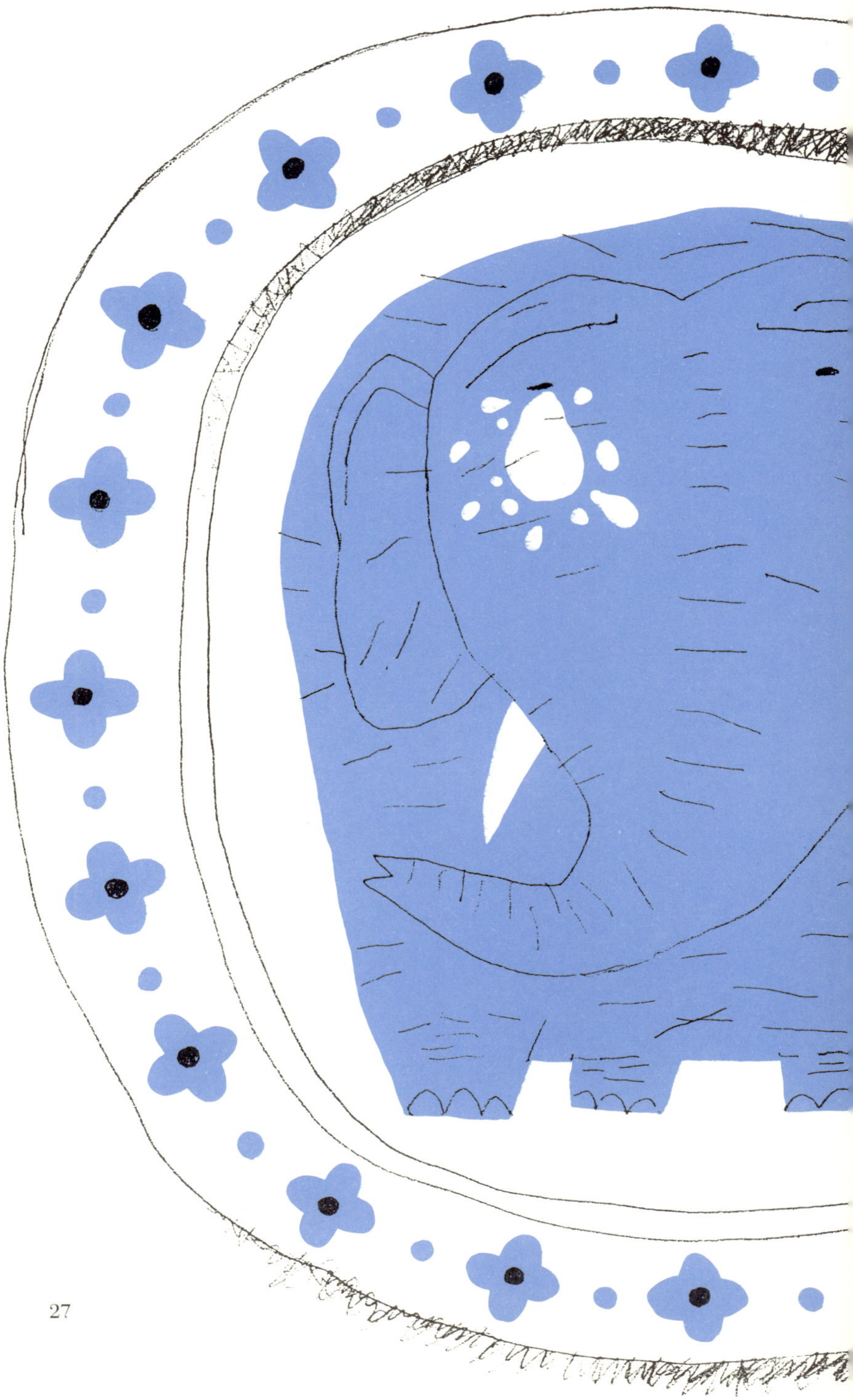

おかあさんは、マリコの　おさらを　あきらめて、　アツシに
あたらしい　おさらを　かいました。おさらには、きいろい　こと
りの　もようが　ついて　いました。

ようちえんへ　いくように　なっても、マリコは、ぞうさんの
おさらを　つかいつづけました。
もう　マリコも　おとなと　おなじものを　たべるように　なり、
おさらには、ハンバーグや、コロッケや、ロールキャベツが　のり
ました。

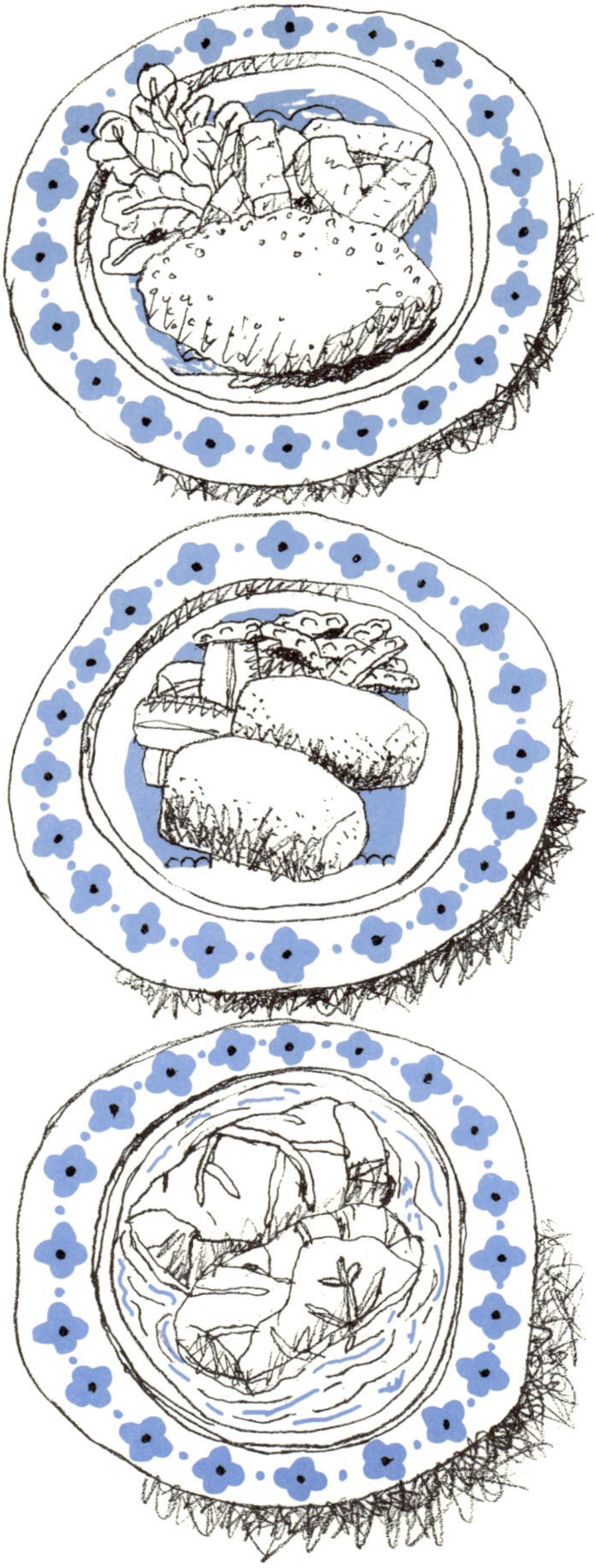

五《ご》さいの　はる、マリコは、ようちえんの　えんそくで、どうぶつえんへ　いきました。
そのころには、マリコも、テレビや　えほんを　みて、ほんものの　ぞうは、はいいろで　あること。りくに　すむ　どうぶつのなかでは、いちばん　おおきいと　いうことも　しって　いました。
けれども、めの　まえを　のっし　のっしと　あるく　ぞうをみると、やはり　びっくりしないでは　いられませんでした。
「うわあ、やまみたい！」
マリコの　よこで、ユウタが　おおごえを　あげました。
マリコも　ぞうを　みあげて、おもわず　ためいきを　つきました。

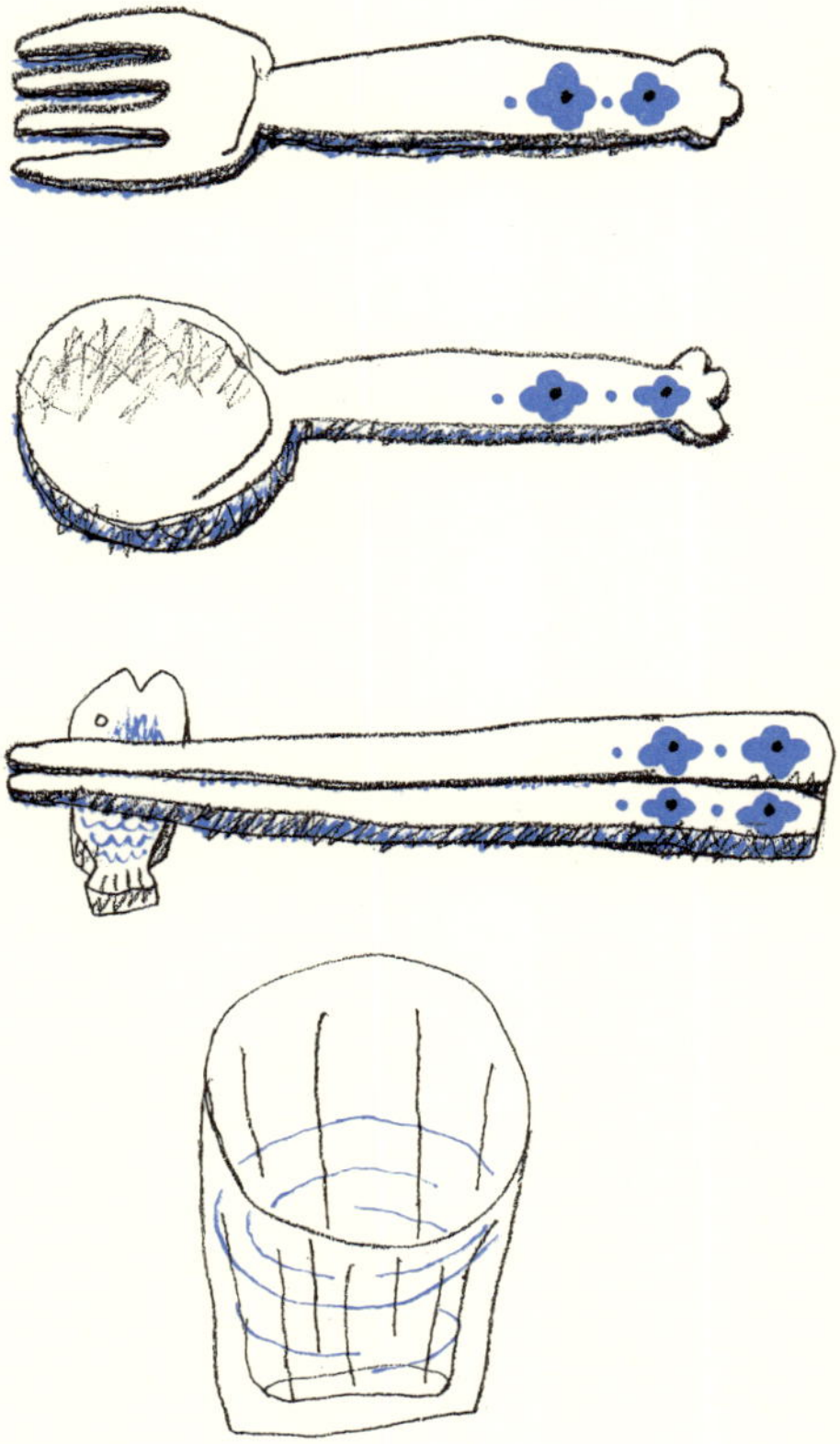

ぞうは、ながい　はなを　つかって、たべものを　じょうずに
つかみとりました。
また、はなに　みずを　すいこんで、じぶんの　くちに　いれたり、シャワーの　ように、からだに　ふきかけたり　しました。
「ぞうの　はなって、べんりねえ。」

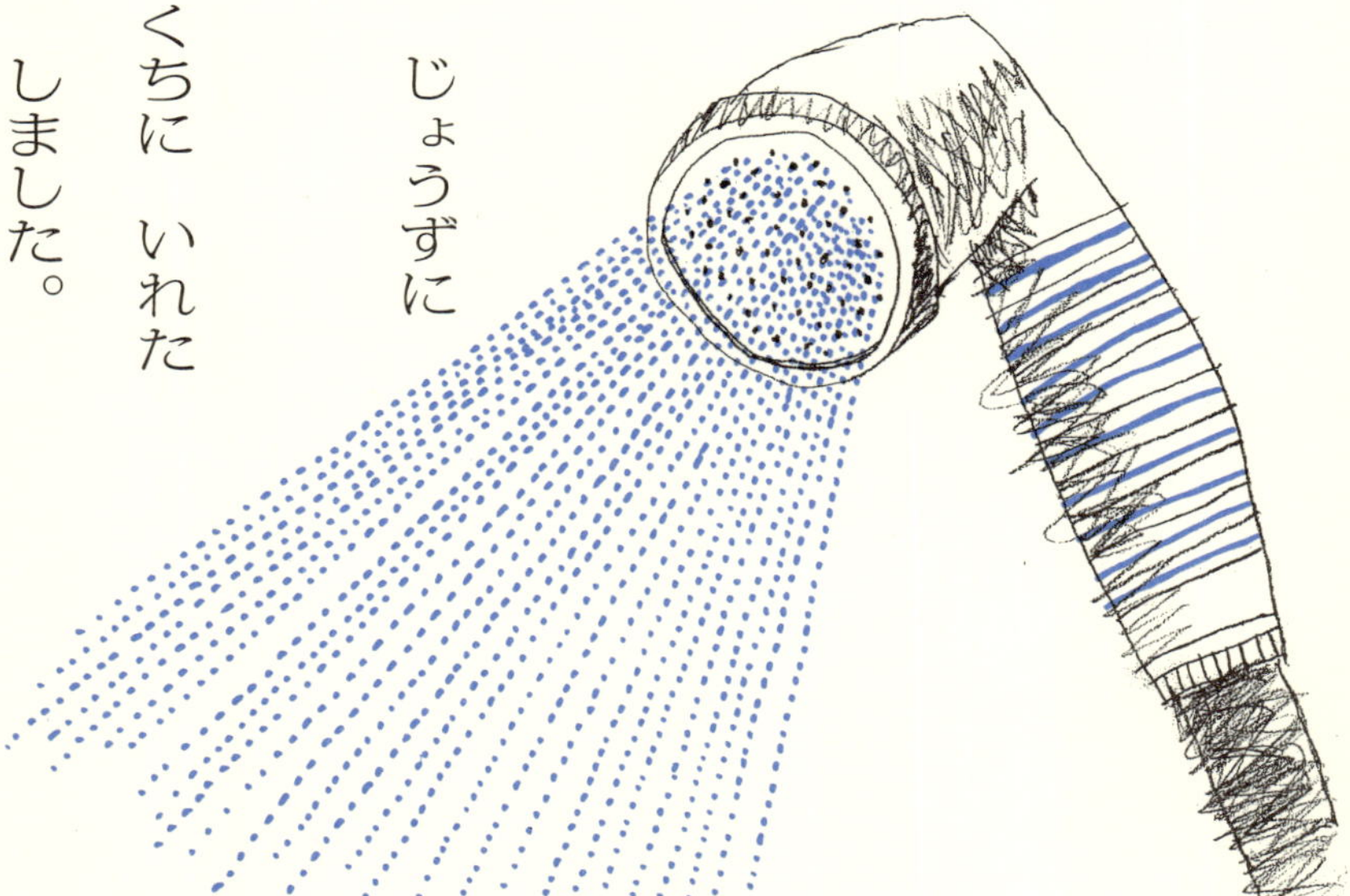

マリコが　めを　みはると、
「ぞうは、おこると　こわいんだよ。あの　はなで、ばしっ！
って　たたかれると、おとなだって　やられちゃうんだから。」
ユウタが　いいました。

「でも、あの　ぞうさんは　おとなしそうよ。ほら、やさしい
めを　してる。」
ぞうを　ゆびさしながら、マリコは、おさらの　ぞうさんの
ちいさな　ほそい　めを　おもいだしました。
その　ひ、マリコは、えんそくから　かえると、おさらの　ぞう
さんを　まえに　して、こう　はなしかけました。

「どうぶつえんの　ぞうさんはね、はいいろで、よごれてて、しわしわなの。ちっとも　きれいじゃ　なかったよ。」

おさらの　ぞうさんの　めは、いつもと　おなじように、マリコを　みているようでした。

マリコは、おさらを　てに　とって、ぞうさんに　ほおずりをしました。

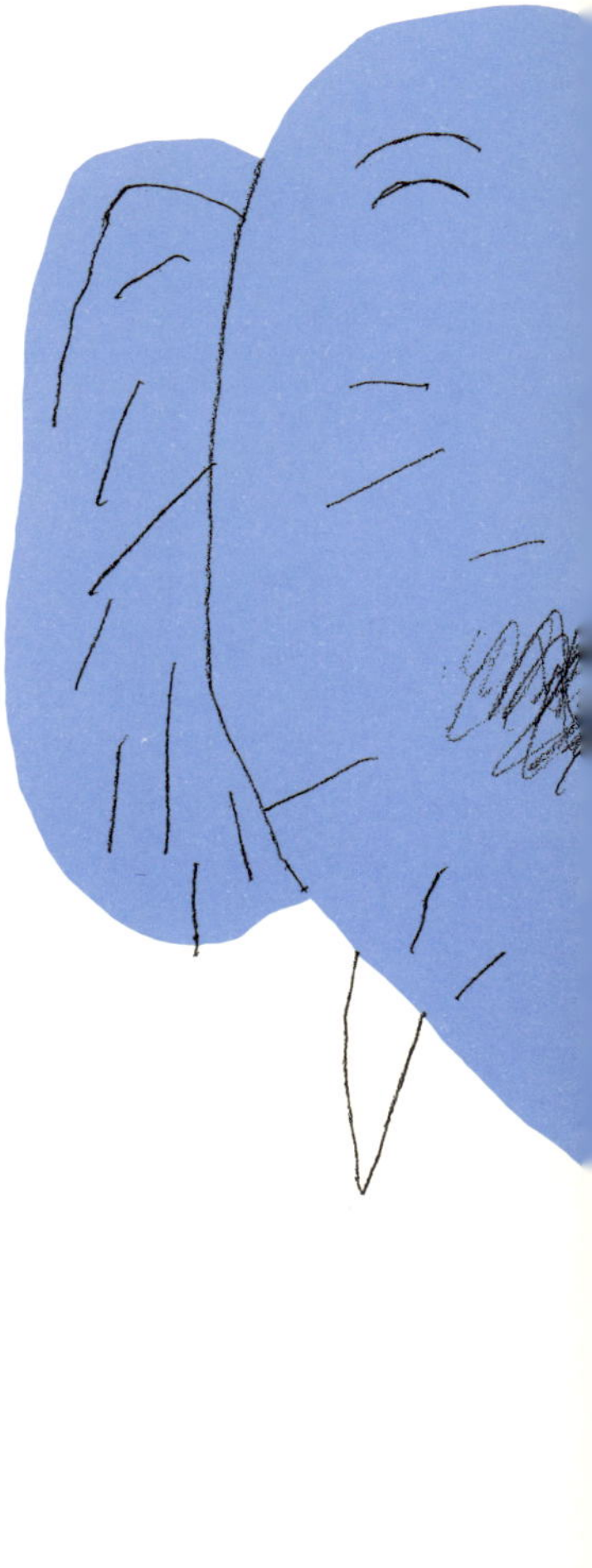

なつやすみの　ある　ひ、いとこの　セイジが　あそびに　きました。

セイジは、マリコより　ひとつ　としうえで、もう　しょうがくせいでした。

いっしょに　おひるの　しょくじを　はじめると、

「あれっ、マリちゃん、まだ　その　おさらで　たべてるの？」

いきなり　セイジが　ききました。

その　おさら、というのは、ぞうさんの　おさらの　ことです。

マリコが　だまって　うなずくと、

「そうなのよ。いつまでも　あかちゃんみたいでしょ。」

よこで、おかあさんが　いいました。

「マリちゃん、この　ぞうさんが　だいすきなんだね。」

セイジは、からだを　のりだすように　して、おさらを　ながめ、

「これは、アジアぞうだよ。」

マリコに　いいました。

「アジアぞうって？」

マリコが　ききかえすと、

「インドとか、タイの　くにに　いる　ぞうだよ。アフリカに
いるのは、アフリカぞうって　いうんだ。」

セイジは、とくいそうに　はなしました。

「アジアぞうと　アフリカぞうは、ちがうの？」

「アジアぞうの　ほうが　みみが　ちいさいよ。アフリカぞうは、みみだけじゃ　なく、きばも　からだも　おおきいんだ。」

「それじゃ、この　ぞうさんは、アジアぞうの　こどもなのね。」
おさらを　さして、マリコが　いいました。

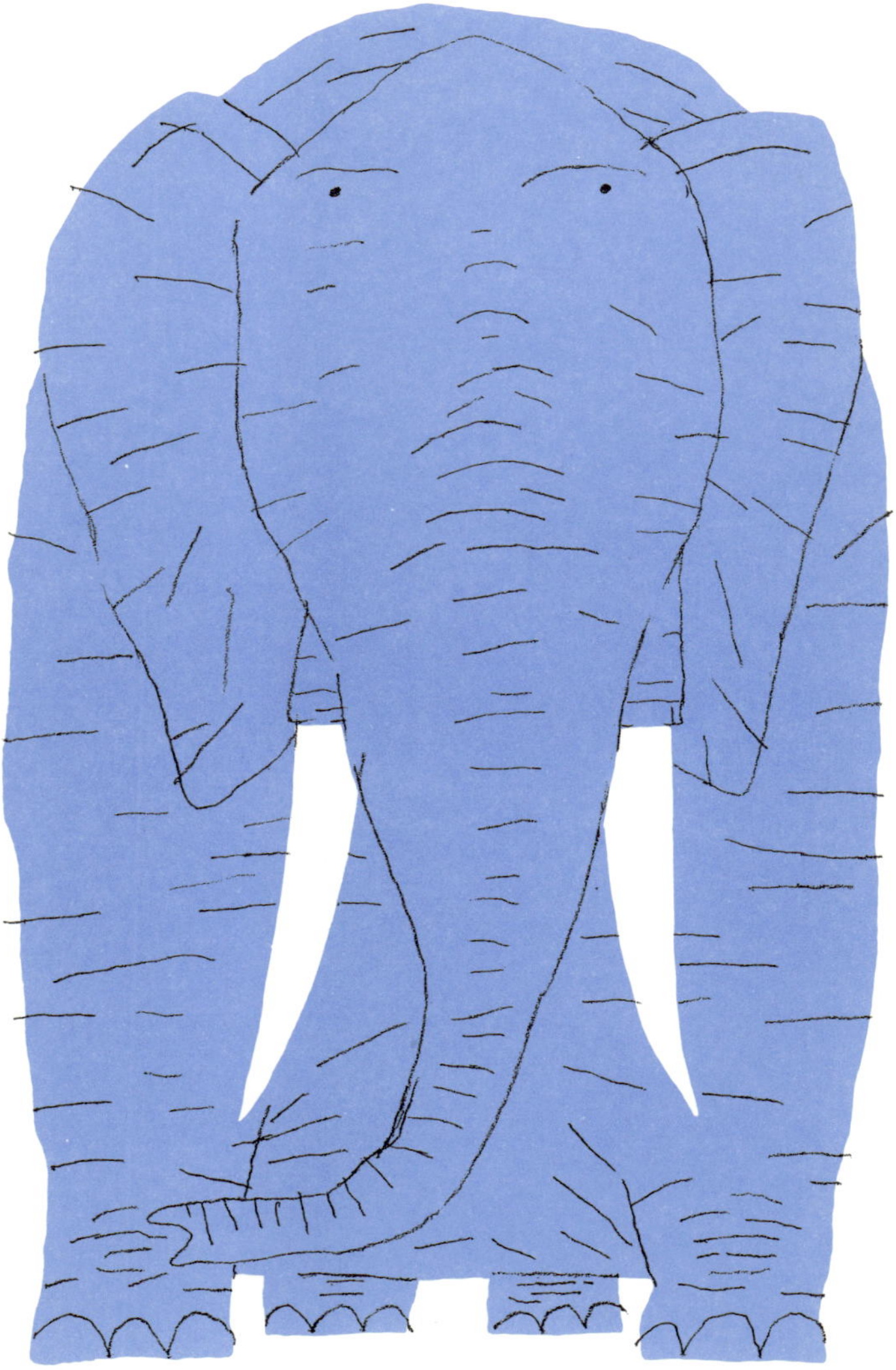

「こどもらしいね。きばが　みじかいもの。」

「やさしくて、おとなしそうでしょ。」

「うん、アフリカぞうの　ほうが、らんぼうなんだって。」

「そう、よかった。」

マリコは、ほっと　して、おさらの　ぞうさんを　みつめました。

ちいさな　ほそい　めが　マリコに　むかって、すばやく　まばたきを　したような　きがしました。

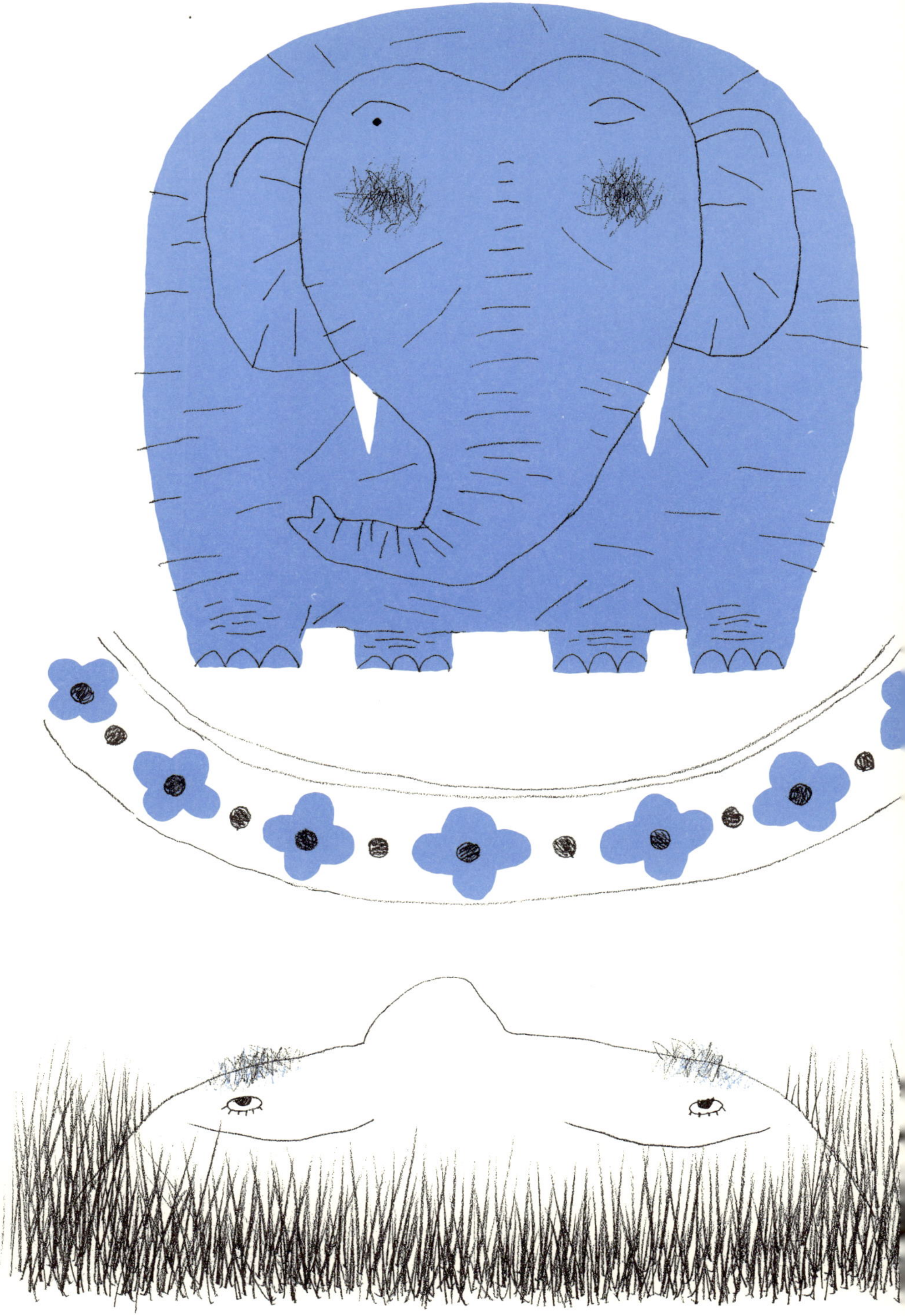

マリコは、六《ろく》さいに　なり、しょうがっこうへ　かようように
なりました。
ある　ひ、マリコは、テレビで、ぞうの　むれを　みました。
十《じっ》とうほどの　アジアぞうが、れつを　つくって、もりの　なか
を　すすんで　いくところでした。
おおきな　ぞうに　まじって、こどもの　ぞうが　二《に》とう　いま
した。
そのうちの　一《いっ》とうは、あるきながら　おかあさんに　あまえて
いました。おかあさんの　おなかの　したに　はいったり、じぶん
の　はなさきで　おかあさんの　からだに　さわったり　するので

した。
けれども、もう　一《いっ》とうの　こどもの　ぞうには、おかあさんが
いませんでした。おかあさんは、にんげんの　じゅうで　うたれて、
しんで　しまったと　いうことでした。

おかあさんの　いない　こどもの　ぞうは、ほかの　おとなの
ぞうたちに　まもられるように　して、れつの　うちがわを　ある
いて　いました。

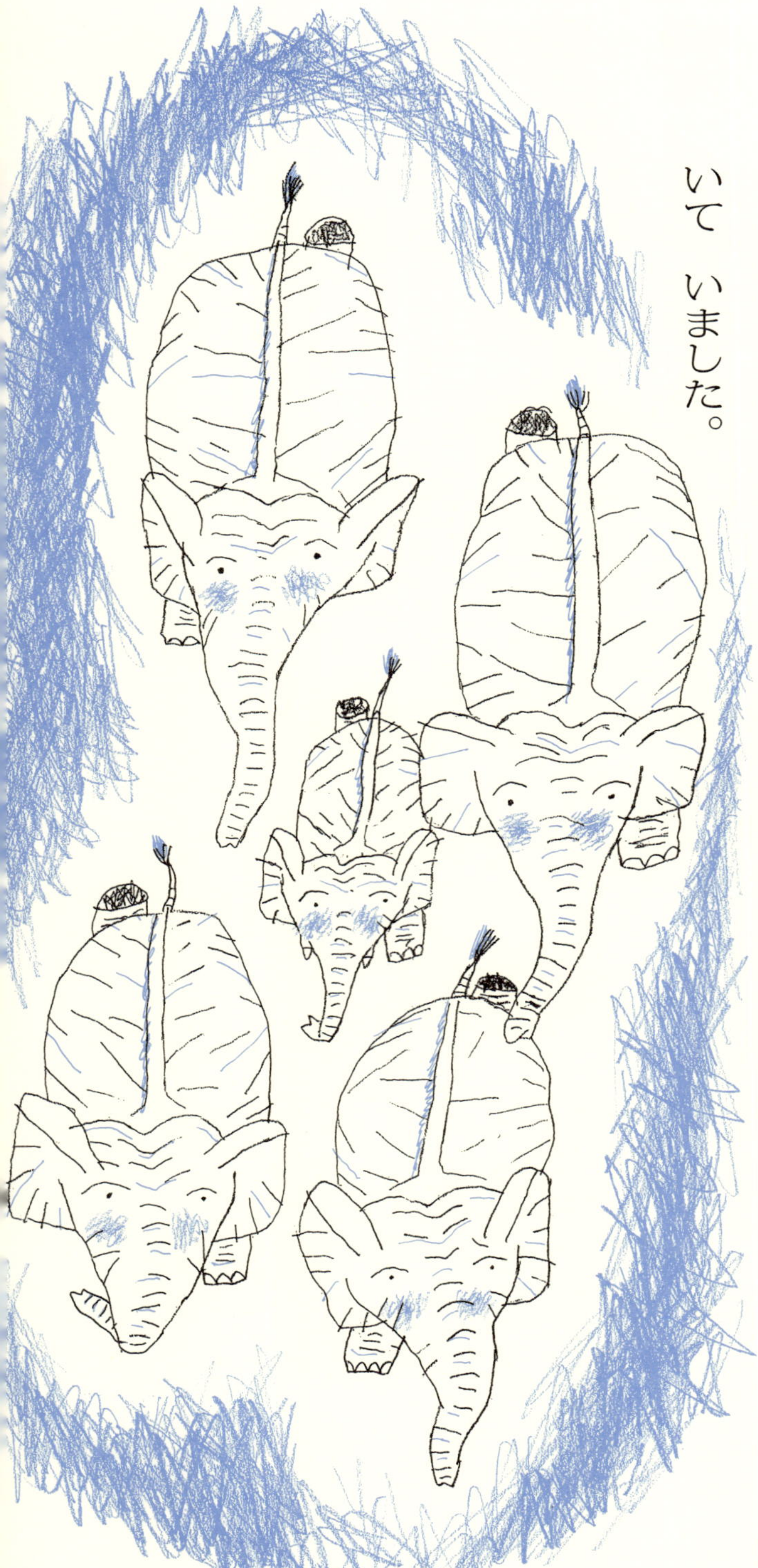

まだ　きばも　ちいさく、あしも　みじかくて、マリコには、ひどく　たよりなく　みえました。

まわりに　いる　おとなの　ぞうは、みんな　めすで、おすは、おおきく　なると、むれから　はなれて　いく　ということでした。

「おさらの　ぞうさんも　ひとりぼっちだから、きっと　おとこのこなんだ。」

マリコは、そう　おもいました。

テレビに　うつる　こどもの　ぞうと、おさらの　ぞうさんとが、ひとつに　かさなるようでした。

その　ばん、マリコは、ぞうさんの　ゆめを　みました。
マリコは、テレビで　みた、こどもの　ぞうの　せなかに　ゆられて　いました。

ぞうは、がっこうへ　いく　みちを　ゆっくり　ゆっくり　ある
いて　いきました。
ぞうの　まわりに、がっこうの　ともだちが　おおぜい　かけよ
って　きました。
「いいな、いいな。」
みんなが　くちぐちに　いいました。
マリコは、とても　いいきぶんでした。

と、あたりは、いつのまにか　くらい　もりの　なかに　かわって　いました。テレビで　みたような　たかい　きが、おおいかぶさるように　しげって　いました。

まわりには、ともだちも　だれも　いません。
みると、マリコが　のって　いる　ぞうも、はいいろでは　なく、
あおに　なって　います。
「ああ、ぞうさん、きて　くれたのね。」
マリコは、ぞうさんの　あおい　あたまに　しがみつきました。
とたんに　ぞうさんの　あしが　ぴたりと　とまりました。

マリコは、ぞうさんの　かおが　みたくて、せなかから　すべりおりました。

ぞうさんの　かおは、マリコの　せたけと　あまり　ちがわない　たかさの　ところに　ありました。

ぞうさんは、いつもの　ちいさな　ほそい　めで、マリコを　じっと　みて　いました。

「ぞうさん。」
マリコが　だきつこうと　すると、ぞうさんは、くるりと　むきを　かえました。そして、そのまま　はしりだし、みるみる　とおざかって　いきました。
「いかないで！」
さけぼうと　して、マリコは、ゆめから　さめました。

「この　おさら、もう　しまって。」
マリコが　おかあさんに　いったのは、それから　まもなくの
ことでした。
「よかったわ。マリちゃん、このごろ　たくさん　たべるように
なったから。」
おかあさんは、ほっと　したように　いいました。
「そのかわり、だいじに　とっといてね。これ、わたしの　たから
もの　なんだから。」
マリコは、そう　いって、おさらを　てに　とると、
「さようなら、ぞうさん、また　いつかね。」

ぞうさんに　むかって、ささやくように　いいました。

マリコは、七《なな》さいに　なり、せたけも　ぐんと　のびました。
なつやすみの　ある　ひ、いとこの　セイジが　ひさしぶりで
あそびに　きました。
セイジの　かおを　みて、マリコは、ふと　ぞうさんの　おさら
を　おもいだしました。
「ねえ、ぞうさんの　おさら、どこに　しまって　あるの。」
マリコは、だいどころへ　いって、おかあさんに　ききました。
「そこの　ハッチの　なかよ。しろい　はこに　はいってるわ。」
おかあさんが　かべぎわを　みあげて　いいました。

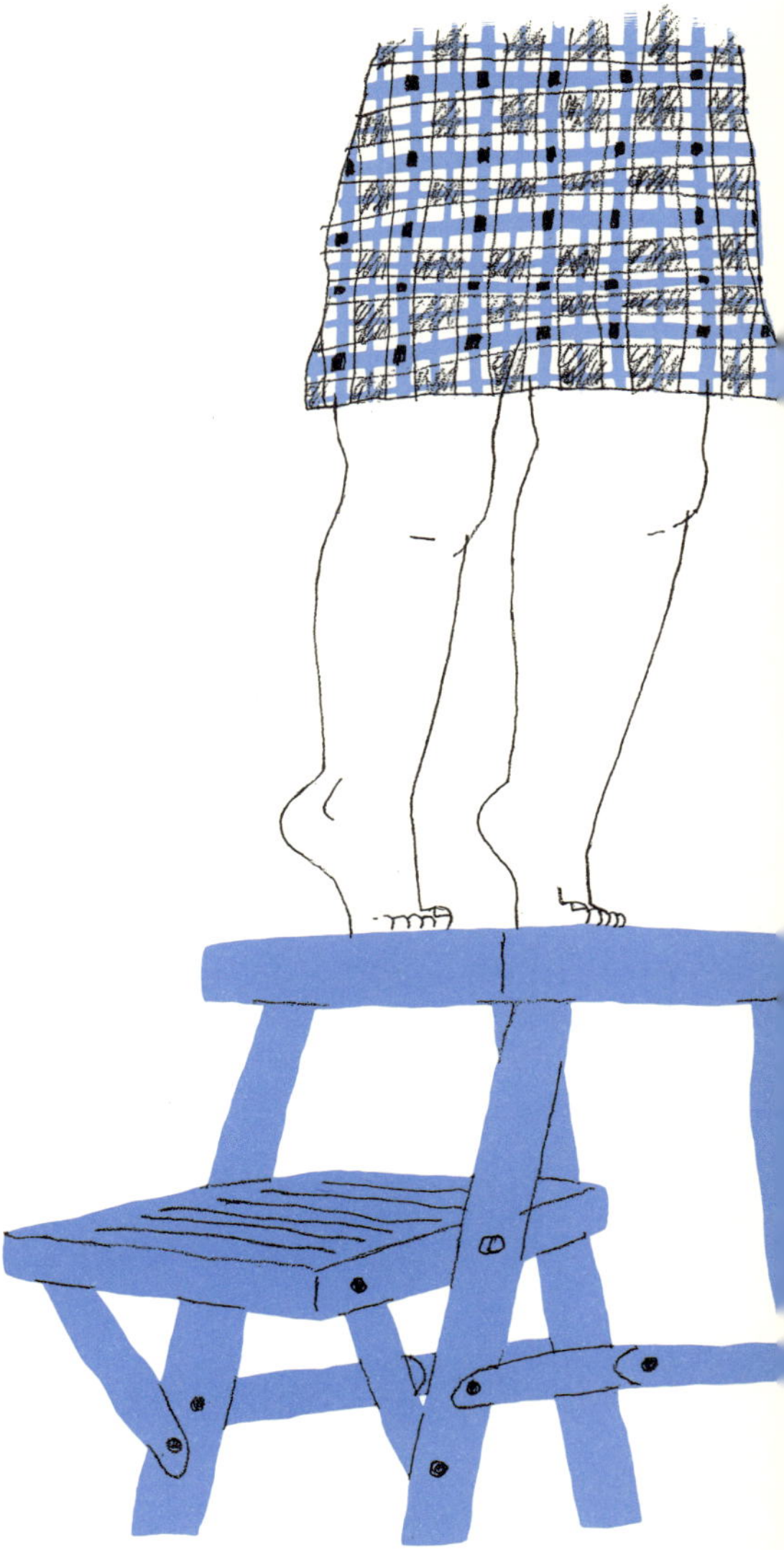

マリコは、ふみだいに　あがり、ハッチから　しろい　かみばこ
を　とりだしました。
はこの　うえに、おかあさんの　じで、ぞうさん　と　かいて
ありました。

ふたを　とると、おさらは、しろい　ぬのに　くるんで　ありました。
「ぞうさん、こんにちは。」

マリコは、しばらくぶりの　ぞうさんに　みとれたあと、

「この　おさら、こんなに　ちいさかったかしら。」

おさらを　じぶんの　かおに　ちかづけながら、ひとりごとの
ように　いいました。

「そうよ。マリちゃんが　おおきく　なったのよ。」

おかあさんが　わらいながら　いいました。

「なにを　のせようかな。」

マリコは、ちょっと　かんがえた　あとで、テーブルの　うえの
かびんから、あかい　バラの　つぼみを　ひとつ　てに　とりました。

そこへ　セイジが　ちかづいて　きて、
「あ、いつかの　ぞうさんだね。」
めざとく　みつけて　いいました。
「そうよ。ずっと　しまってたんだけど。」
マリコが　こたえると、
「あれっ、この　おさらだった？」
セイジが、おさらを
のぞきこんで　ききました。

「そうよ。どうして。」
「こんなに　ちいさかったかな。
もうすこし　おおきかったような
きが　したんだけど。」
セイジは　くびを　かしげて　いいました。

マリコは、にっこりして　うなずくと、もって　いた　バラの
つぼみを　おさらの　ぞうさんの　うえに　おきました。

作者
森山 京＝もりやま みやこ

1929年、東京都に生まれる。温かみあふれる作風で、子どもから大人まで多くの読者に愛読されている。『きいろいばけつ』『つりばしゆらゆら』などの「きつねのこシリーズ」（あかね書房）で路傍の石幼少年文学賞、『あしたもよかった』（小峰書店）で小学館文学賞、『まねやのオイラ旅ねこ道中』（講談社）で野間児童文芸賞、『パンやのくまちゃん』（あかね書房）でひろすけ童話賞を受賞。ほかに「おはなしぽっちり・全4巻」（小峰書店）等多くの作品がある。

画家・ブックデザイン
杉浦範茂＝すぎうら はんも

1931年、愛知県に生まれる。グラフィック・デザインと児童図書のイラストレーションで個性的な作品を発表し、数々の賞を受賞。絵本では、『ふるやのもり』（フレーベル館）で小学館絵画賞、『まつげの海のひこうせん』（偕成社）で絵本にっぽん大賞・ボローニャ国際児童図書展グラフィック賞、『スプーンぼしとおっぱいぼし』（福音館書店）で日本絵本賞、1985年、芸術選奨文部大臣新人賞を受賞。ほかに『ありんこぞう』（小峰書店）等多くの作品がある。

磁器皿制作
伊藤 優

撮影
(有)ケー・ミュー
金子 渡

おはなしだいすき

おさらのぞうさん

2003年6月18日 第1刷発行
2004年4月15日 第4刷発行

NDC913 63p 22cm JASRAC 出0305422-404

作者＝**森山 京**
画家＝**杉浦範茂**
発行者＝**小峰紀雄**

発行所＝**(株)小峰書店**
〒：162-0066
東京都新宿区市谷台町4-15
TEL：03-3357-3521
FAX：03-3357-1027

組版＝**(株)エスコーツ**
印刷＝**(株)三秀舎**
製本＝**小高製本工業(株)**

ISBN 4-338-19201-1
http://www.komineshoten.co.jp/